COLABORAÇÕES

Karen Huck
Redatora e tradutora, aficcionada por listas

Aline Ueda
Psicóloga e acupunturista
@aueda

Natalia Freitas
Pesquisadora especializada em divulgação científica

Sandra Megala
Historiadora, mãe e florista nas horas vagas

Ana Franco Netto
Designer, animadora e ilustradora
@anafranconetto

A SEGUNDA VIDA DE MISSY

De repente, tudo era pequeno demais

Em 1959 Millicent Carmichael, a Missy, casou-se com o homem que amava. Passados cinquenta anos, sem ele e com os dois filhos criados e distantes, ela está sozinha. Embora se apresse em dizer que considerava seu papel de dona de casa e mãe pouco satisfatório, a verdade é que Missy devotou toda uma vida à família e suprimiu qualquer ideia de carreira em função do sucesso do marido. Agora que ele não está mais a seu lado, que ela brigou com a filha e que o filho se mudou para a Austrália com o neto que Missy tanto ama, ela passa os dias bebendo xerez, evitando as pessoas e vagando pela casa enorme e mal decorada esperando não se sabe o quê.

Missy não lembra, mas ela é fabulosa. Um pouco difícil, sim, e cabeça-dura, mas também generosa e espirituosa, um tanto à moda antiga. Sua falta de traquejo para lidar com a vida esvaziada de tudo que antes lhe conferia valor começa a parecer um caminho sem volta, até que, em uma de suas raras saídas à rua, um desmaio em pleno parque faz com que uma desconhecida se aproxime. Esse é o primeiro de uma série de acontecimentos fortuitos — uma invasão, uma cadela adorável sem raça definida precisando de um lar — que, aos poucos, vão congregando ao redor da mulher solitária um grupo improvável de maravilhosos estranhos. Rodeada por essa comunidade alegre e diversa que encarna as várias formas de amar, Missy encontra uma nova razão para viver.

A personagem de quase oitenta anos poderia parecer uma protagonista distante demais para quem é jovem, mas enquanto Missy nos conta a própria história vão-se revelando tantas verdades, expectativas e complexidades da vida comum que, em qualquer idade, é impossível não se identificar. Millicent Carmichael é tão real que poderia estar sentada ao seu lado enquanto fala da paixão por Leo ainda em Cambridge, quando estudavam juntos, conta da eterna dificuldade com a filha Melanie, a bebê emburrada que estava sempre chorando, e do alívio de depois ter tido Alistair, o oposto perfeito da irmã, então faz uma pausa para alimentar a cadela Bob e se servir de mais um xerez.

Retrato emocionante e reflexivo sobre a vida adulta e o envelhecimento, com direito a uma reviravolta final que dá vontade de voltar as páginas e buscar todas as pistas, *A segunda vida de Missy* é uma celebração de como os dias comuns podem ser extraordinários quando se está cercado das pessoas certas. Uma leitura que, nesses tempos de reclusão forçada e saudade das rotinas de antes, dos amigos e familiares, chega para preencher as carências e afagar o coração.

BETH MORREY

Seu plano era escrever um livro sobre esperança, que fizesse rir e chorar — ela conseguiu isso e muito mais

Best-seller na Inglaterra e nos Estados Unidos, Beth Morrey surpreendeu a todos — inclusive a si mesma — com seu livro de estreia. O romance escrito de um só tiro durante a licença-maternidade foi disputado por dez editoras e lançado este ano no Reino Unido. Como todo autor iniciante, Beth trilhou o longo percurso de submeter o manuscrito a um agente literário após o outro e ser repetidas vezes rejeitada. Debruçou-se um ano inteiro sobre o texto, editando e reescrevendo, debruçou-se novamente após assinar contrato com a agência que a representa e depois, mais uma vez, quando o livro finalmente foi contratado por uma editora. Muito trabalho, mas a recompensa valeu a pena. Beth ainda fica desconcertada quando a apresentam como best-seller, mas está perfeitamente confortável com a profissão de escrever em tempo integral.

Como muitos outros escritores que passaram pelo **intrínsecos**, a autora de *A segunda vida de Missy* decidiu ainda criança que um dia teria seu nome estampado em uma lombada, na prateleira de uma livraria. A carreira profissional, porém, levou-a por outros caminhos — Beth foi diretora criativa de desenvolvimento de produtos na rede britânica RDF. “Saindo da faculdade, todo mundo queria escrever comédia, meu sonho era entrar para o Monty Python”, ela contou em uma entrevista. Quem lê seu romance identifica claramente essa verve descontraída, mas o ponto alto de seu trabalho é, sem dúvida, a sensibilidade.

Beth Morrey escreve de maneira brilhante e cria uma protagonista que logo nas primeiras páginas despeja no leitor uma solidão que é praticamente palpável. O detalhamento miúdo da rotina, os hábi-

"Saindo da faculdade, todo mundo queria escrever comédia, meu sonho era entrar para o Monty Python."

tos, a nostalgia, tudo que Beth entrega parece cuidadosamente pensado. Influenciada por autores como Sue Townsend, C.J. Sansom, M.R. Carey e Nick Hornby — "Admiro sua prosa simples, direta, que parece objetiva, mas não é" —, não seria mentira dizer que ela se inspira no melhor de cada um.

A ideia de escrever *A segunda vida de Missy* lhe veio quando passeava com sua cadela e o filho, no carrinho, no parque próximo a sua casa. Após conhecer a comunidade de donos de cachorros, corredores, vizinhos e famílias que frequentava o local, ela começou a desenvolver a história de uma mulher que era salva pelas pessoas a seu redor, estranhos que se tornavam amigos. Tinha produzido, trabalhando para a tevê, a série documental *100 Year Old Drivers* ("motoristas centenários", em tradução livre), e alguns dos idosos retratados eram fantásticos. "Havia uma senhora de 105 anos que dirigia todos os dias para ir à aula de yoga", contou em entrevista. "Aquilo me fez refletir sobre como a noção de 'idade avançada' ficou para trás, com as pessoas vivendo cada vez mais tempo ainda alerta e ativas." Missy, especificamente, foi em parte inspirada em Barbara Covett, personagem de *Notas sobre um Escândalo*. "Ela é uma narradora maravilhosamente intrometida e intratável. Queria criar alguém assim, mas que se redimisse pela generosidade." Todas essas pontas, juntas, deram origem ao romance.

Atualmente Beth mora em Londres com o marido, os dois filhos e a cadela Polly, uma labradoodle mimada e voluntariosa que faz participação especial no livro. Está trabalhando no próximo romance — também ambientado em Londres, sobre uma mãe solteira —, tem um *podcast* de entrevistas sobre maternidade, em que mulheres recontam sua vivência do parto, e comenta regularmente sobre tevê no blog em seu site. Como ela produz tudo isso? "Gosto de escrever o tempo todo, então acho que estou sempre praticando. O que realmente me ajuda é pensar bastante no que quero dizer antes de colocar no papel, e então escrever sem parar. Raramente faço anotações nem planejo roteiro. Não quero perder a magia!"

REINVENÇÃO

É preciso saber virar as páginas da vida

ALINE UEDA

Não é possível estar de corpo e alma no momento presente quando não nos sentimos completos em relação ao passado. Em vez de receber cada nova experiência como a perspectiva de um novo voo a ser alçado, fincamos os pés no chão com o peso dos assuntos não resolvidos que carregamos. Um peso capaz de fazer a energia, a vivacidade e a autoestima desmoronarem a ponto de anos e anos se passarem sem ao menos serem notados.

É muito comum, quando o desenrolar da vida não é o que se esperava, revisitarmos ponto a ponto as decisões e experiências que, acreditamos, nos trouxeram ao momento atual, remoendo sem parar esses episódios. Manter o foco no passado distrai a atenção do presente e impede o vislumbre dos possíveis futuros. A aventura apaixonada da vida se torna uma jornada de resignação e desinteresse.

O futuro é a chance de conduzir o próprio caminho, e cada bifurcação à frente é uma porta aberta para a reinvenção pessoal. Deixar para trás o peso de assuntos passados é deixar para trás o poder que eles exercem e retomar para si o controle da própria vida. Uma das ferramentas mais potentes para isso é a comunicação. Endereçar seus pensamentos e sentimentos, com responsabilidade, a si mesmo e às pessoas que o cercam e deixar claras quaisquer mágoas e ressentimentos, até que não haja mais nada mal resolvido, significa esvaziar a bagagem que o impede de andar mais longe e mais leve. No espaço liberado, coloca-se aquilo que preenche seu presente e que vai, por consequência, permitir o futuro.

Essa completude do presente é fruto de uma autoavaliação que precisa ser exercitada e, obrigatoriamente, ser realis-

PASSAD

ta, com tudo o que há de satisfatório e o que precisa ser aprimorado na sua vida. É uma declaração, ainda que fugaz, de que você está satisfeito com o agora e pronto para o que virá depois. Pare, respire fundo e pense por um instante em si mesmo. No agora e no dia de hoje. Avalie como se sente.

É extremamente valioso ser capaz de parar no fim da noite e fechar seu balanço pessoal. Esse tipo de autoanálise ajuda a mapear, de um jeito sistemático, as realizações do dia e as pendências a serem resolvidas, a fim de que os dias à frente sejam de fato uma tela em branco para a sua reinvenção. Parece um balanço bobo, que a rotina e a correria da vida facilmente nos impedem de fazer, mas a cada noite a sensação de zerar o dia vai permitir que sua mente descanse e inicie a próxima manhã com a vitalidade de que precisa para ser produtivo e presente em qualquer projeto que almeje para si mesmo.

FUTURO

Seu sentimento de completude estará na superfície, leve como uma boia, impossível de ser puxado para baixo. Se não identificá-lo, tenho um exercício a propor: pegue um papel e liste o que incomodou você nesse dia — tarefas não completadas, indisposições com outras pessoas, aquela meia hora que não tirou para si. Então estabeleça um prazo para resolver esses assuntos. Não seja rígido demais, nem flexível. Viva um dia de cada vez, mas com a certeza de que nenhum deles ficou para trás.

EM BOA COMPANHIA

Quando um mais um não são dois, mas o infinito

KAREN HUCK

A vocação maior de qualquer peça cultural é, sobretudo, contar uma boa história. Arte, música, audiovisual, literatura bebem da vida real na mesma medida que nos inspiram para enfrentá-la, e nada mais poderoso para quebrar barreiras e recriar paradigmas que a parceria de uma boa amizade. A história está repleta delas e separamos aqui algumas absolutamente memoráveis.

A imagética: Lee Miller e Pablo Picasso

Ela era americana, fez carreira como modelo, depois fotógrafa e correspondente de guerra, sendo tardiamente reconhecida como uma das mais talentosas de seu tempo. Ele, um dos maiores pintores do século 20. Inseridos no movimento surrealista parisiense, já se conheciam quando, numa viagem de férias a Cannes com seus respectivos parceiros, engataram uma amizade que resultou em pelo menos seis retratos de Lee pintados por Picasso e uma série de mais de mil fotos que a artista capturou em momentos de espontânea intimidade do amigo — um arquivo rico e genuíno só encontrado após a morte de ambos, num sótão, pelo filho de Lee.

A redentora: Abdel e Philippe

Philippe Pozzo di Borgo é um executivo de sucesso, herdeiro de duas tradicionais famílias francesas, quando fica tetraplégico por conta de um acidente e, em seguida, perde a mulher para uma doença terminal. Isolado em sua mansão, cercado apenas de empregados, desenvolve com Abdel, um cuidador de primeira viagem, uma camaradagem capaz de salvar ambos da solidão e da sensação de deslocamento. Narrada por Philippe no livro *O segundo suspiro*

Os amigos Pablo Picasso e Lee Miller fotografados no ateliê do artista, na ocasião da retomada de Paris durante a Segunda Guerra Mundial.

e recontada magistralmente no filme *Os Intocáveis*, a amizade inesperada e tão brutalmente honesta dos dois muda definitivamente suas vidas.

A complicada: Lenu e Lila

Uma amizade entre duas mulheres que parecem viver numa corrida furiosa, às vezes lado a lado, às vezes uma contra a outra. As protagonistas da *Tetralogia Napolitana* de Elena Ferrante são o amálgama italiano da máxima "amigas e rivais" — compartilham juntas a dura infância em Nápoles na década de 1940, afeiçoam-se pelo ideal de se tornarem escritoras e, ao longo da vida, se aproximam e se distanciam conforme as circunstâncias da vida e de seus afetos. Nas páginas dos livros e na primorosa adaptação audiovisual da HBO, Lenu e Lila são uma personificação irresistível da energia feminina nas suas mais potentes versões.

A rompida: Lennon e McCartney

Dois meninos que sonhavam com o sucesso de Elvis Presley e aos 12 anos prometeram assinar juntos todas as suas composições. John Lennon e Paul McCartney suplantaram qualquer expectativa e sua parceria gerou um dos legados mais prolíficos do pop mundial — bem como um dos rompimentos mais lamentados. Em 2016, no lançamento do premiado *Eight Days a Week: The Touring Years*, documentário com imagens de arquivo captadas no auge da Beatlemania, Paul declarou que ao ver o amigo e a banda juntos percebeu quanto o mito em torno do rom-

A amizade única criada por Elena Ferrante e personificada pelas atrizes Gaia Girace (Lila) e Margherita Mazzucco (Lenu) na série *A Amiga Genial*, da HBO.

pimento impediu ele próprio de perceber como aquela amizade era feliz.

A relevante: Angela Davis & Toni Morrison

Duas mulheres que se encontraram na militância e estabeleceram uma amizade pautada pela luta pelos direitos civis da população negra e pela crença indissolúvel no poder da literatura. Toni foi editora de *Uma autobiografia*, publicado em 1974 — um relato de Angela sobre sua vivência do racismo, do feminismo e do sistema carcerário dos Estados Unidos, após sua prisão pelo FBI. A parceria intelectual então forjada perdurou quase cinquenta anos, até a morte de Toni, e ajudou a fundar o pensamento feminista interseccional.

A imaginária: Calvin e Haroldo

O menino de seis anos e o tigre de pelúcia que, na imaginação dele, age como um sábio, sarcástico e preguiçoso. Juntos, eles vivenciaram momentos ora pueris, ora filosóficos, que, entre 1985 e 1995, quando o cartunista Bill Watterson aposentou a série, refletiram o mundo ao redor — de *pulp noir* a arte cubista, de poesia a ficção científica, de passeios de bicicleta ao ócio absoluto, cabia toda uma vida na relação de Calvin com o amigo que era sempre exatamente do que ele precisava, sem nunca deixar de desafiá-lo, como um alter ego confidente e ao mesmo tempo contestador. Muito além das tirinhas, *Calvin e Haroldo* são símbolos da parceria mais valiosa de todas — aquela consigo mesmo.

A RUA E O LAR

Polis e *oikos*, da Grécia arcaica até a internet

SANDRA MEGALA

Dentro e fora, público e privado. As noções do que é íntimo e do que é público são elásticas conforme a época e a sociedade em questão, e ao longo dos séculos muito já se teorizou sobre o que se vive da porta para dentro e o que se faz dela para fora, revelando realidades às vezes completamente opostas, às vezes sobrepostas e complementares.

Em seu livro *A condição humana*, Hannah Arendt destaca a distinção entre a vida pública e a privada como um entendimento trazido desde, pelo menos, o surgimento da cidade-Estado grega. A *polis* e o *oikos*: dois conceitos aos quais se somam várias interpretações, mas que podem ser definidos brevemente como o lugar do comum e da ação política, *polis*, e o lugar da propriedade e do que a torna sustentável, *oikos*.

Representando ao mesmo tempo a família, sua casa e suas terras, o *oikos* foi a unidade primária da sociedade grega, com origem no período arcaico, quando donos de terras comandavam um sistema agrícola semelhante ao dos feudos europeus. Anterior à *polis*, essa célula social era, na Atenas clássica, um misto de grande família e empresa bem azeitada. Como principal provedor desse núcleo doméstico e responsável pela segurança da propriedade, ao homem era garantido total poder sobre o lar e seus habitantes. Nesse domínio urbano privado não havia lei nem justiça que o pudessem contrariar. Esposa, filhos, escravos e agregados consanguíneos ou fraternais completavam essa comunidade de moradores – o *oikos* perfeito era uma unidade de eficiente e autossustentável, e todos capazes de contribuir para esse fim eram

Templo de Hefesto
em meio à paisagem
contemporânea de Atenas.

considerados família, submetidos à autoridade do patriarca em troca das facilidades e da proteção do lar.

Na contramão da opulência dos espaços públicos (pense no Partenon de Atenas ou no Templo de Hefesto), as construções do *oikos* valorizavam a funcionalidade, com cômodos simples e pouco mobiliados, organizados de maneira a atender às necessidades da propriedade (espaços para trabalho e descanso, para armazenagem de produtos excedentes, para os escravos) e à manutenção da família. Nesse sentido, destaca-se a diferença dos lugares do masculino e do feminino, cabendo a eles a participação na vida da *polis* e a elas, a fixidez do lar, primeiro como filhas e depois como esposas. O interior das casas segregava homens e mulheres de modo a privilegiar para eles o acesso à rua e, para elas, a discrição. Os pátios eram internos e os cômodos de uso feminino ficavam nos fundos. À esposa, muitas vezes retratada na arte da época fiando e tecendo, cabia gerir a rotina doméstica e, principalmente, gerar os próximos atenienses. Se pensarmos que o ingresso na vida pública só era permitido ao homem de posses e que, sem esposa, ele não possuiria nem *oikos* nem prole, mantê-la bem guardada era o mesmo que esconder o cartão de ingresso para a *polis* no compartimento secreto da carteira.

Oikos e *polis* contrapunham-se especialmente nesse contraste hierárquico. Enquanto no *oikos* todos os relacionamentos eram verticais, com o marido se sobrepondo à mulher, o pai ao filho, o senhor ao escravo e mesmo o *oikos* mais rico se sobrepondo ao mais pobre (uma propriedade não sustentável precisaria adquirir de outras seus produtos essenciais), nas assembleias, ginásios, arenas e mercados havia uma noção geral de impessoalidade que, pelo menos em tese, permitia a qualquer um com as credenciais mínimas (homem-ateniense-dono-de-*oikos*) ser livre para se pronunciar e ser ouvido. As mulheres, os sem posses e as minorias precisariam (e ainda precisam) esperar um tanto mais.

Vivências diferentes e complementares, *oikos* e *polis* fazem parte da fundação da sociedade ocidental. Para Platão, a vivência do *oikos* podia, em certa medida, ser transferida à *polis*. Para Aristóteles, a completude da *polis* compensaria as privações do *oikos*. Hoje, talvez, nossa *polis* seja o Instagram e o *oikos* já comtemple as reuniões de família nas chamadas de vídeo. Haverá, no futuro, quem teorize sobre isso.

MINHA CASA É MEU REINO

Como o ambiente influencia nosso bem-estar

NATALIA FREITAS

Este é o momento em que você olha ao redor e pensa naquele canto da casa entulhado de quinquilharia, na gaveta que quase não dá mais para fechar ou no sótão lotado de coisas que você nem lembra mais. Todo mundo tem, ou pelo menos já teve, um lado meio bagunçado e acumulador, exceto talvez os virginianos. Uma certa dose de caos pode ser, inclusive, positiva.

Em uma pesquisa de 2013 publicada na *Psychological Science*, três experimentos testaram a influência da confusão do ambiente sobre decisões relacionadas a alimentação, empatia e inovação, e as conclusões foram de que, com um entorno *clean* e organizado, os participantes preferiram alimentos saudáveis e, nos exercícios propostos, tiveram soluções mais conservadoras, enquanto na bagunça eles foram mais solidários, doando mais dinheiro a causas que lhes foram propostas, e mais criativos — boa notícia para quem pratica o mantra do "eu me entendo na minha bagunça".

A bagunça crônica e descontrolada, porém, afeta nossos níveis de ansiedade, a qualidade do sono e a capacidade de concentração, entre outros sintomas. Uma pesquisa feita nos Estados Unidos exclusivamente com mães de crianças pequenas identificou níveis mais altos de cortisol, o hormônio do estresse, nas mulheres cujas casas ficaram mais desorganizadas com a chegada dos filhos. O excesso de informação visual de um espaço físico sobrecarrega o esforço cognitivo e prejudica, inclusive, a capacidade de nos relacionarmos com quem amamos. Um experimento relativamente simples, publicado em 2016 no periódico *Attention, Perception & Psychophysics*, demonstrou que quan-

SNACK
SNACK

to mais extravagante é a cenografia de um filme, menor a chance de os espectadores interpretarem corretamente as emoções no rosto dos atores.

Colada à desordem está a acumulação, conhecida vilã de *reality shows* de saúde e bem-estar. O caso, porém, é sério. O acúmulo compulsivo, antes considerado sintoma da personalidade obsessiva-compulsiva, foi elevado a transtorno independente na edição mais recente do *Manual Diagnóstico e Estatístico de Transtornos Mentais*. Estudos reunidos na ocasião indicaram que a também chamada disposofobia atinge de 2 a 4% da população mundial, percentual que pode dobrar entre adultos acima de 55 anos, sendo as mulheres idosas o grupo mais vulnerável. Não é pouco. Com o diagnóstico correto, porém, o tratamento especializado é capaz de trazer resultados animadores.

Se você opera bem no caos leve, mas sonha com uma casa digna dos *boards* do Pinterest, a onda da arrumação doméstica combinada à onda do minimalismo mais a onda do consumo consciente

podem ajudar. Marie Kondo, Michaela Góes, Priscila Sabóia e outras papisas da organização pessoal estão on-line, na tevê e nos livros com tudo de que você precisa para começar. Porque não basta abrir a porta do sótão e remexer aleatoriamente no que está ao alcance das mãos: é preciso ter método. A logística inclui mapear tudo, criar um protocolo próprio de avaliação dos itens (utilidade, valor, apego sentimental ou qualquer outro) e separar cada coisa conforme seu destino (o que fica, o que vai ser doado, o que vai ser descartado). Tente não levar mais que poucos segundos decidindo sobre cada coisa e não pare enquanto não terminar. O resultado vai ser um ambiente leve e a deliciosa sensação de vitória. Tire uma foto depois e poste com a hashtag... Mentira! Faça isso por você mesmo e mais ninguém.

Como já dizia a música visionária do Biquíni Cavadão nos idos da década de 80, "Minha casa é meu reino" — em tempos de reclusão e distanciamento social, isso é ainda mais verdadeiro. Cuide-se, e cuide do seu reino.

CAFÉ